행시 / 시조 / 자유시

채워지지 않은

내 모든 것들에 대하여

혜린

오순영 시집

도서출판 한행문학

채워지지 않은 내 모든 것들에 대하여

1 부   자라목 같은 내 그리움

2 부   산사의 새벽

3 부   채워지지 않은 내 모든 것들에 대하여

4 부   도심의 허기진 풍요

5 부   정형 시조

6 부   자유시

** 시인의 말

작은 그리움은

내 생애의 천형이다

그 그리움이 그대여도 좋고 내 유년의 추억
이어도 좋다

그 작은 그리움 하나로

나 지금 여기 서 있다

2012년 6월..

혜린 오순영

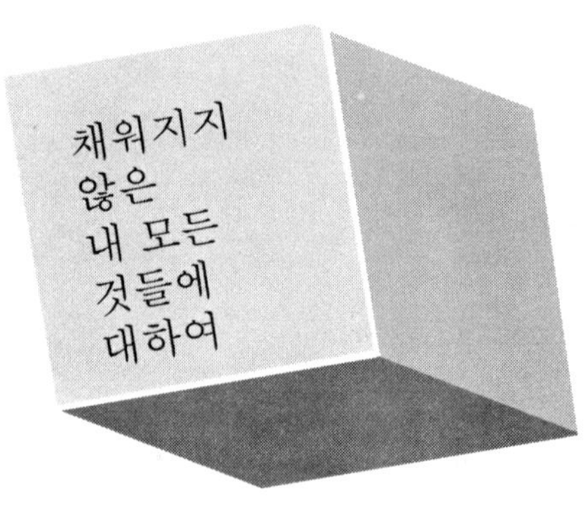

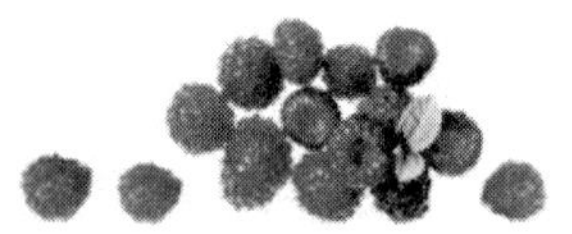

1 부   자라목 같은 내 그리움

낚시터 유정(有情)

강에 잠긴 구름 봄비람에 쉬어 가고
산마루 걸린 달은 별무리 어루만져
이 마음 바람찬 산자락에 푸념 한줌 터트린다

변하는 세상이야 누구라 막을까만
해도 달도 유구하니 막을 자 없을레라
도심의 허기진 풍요가 파도처럼 보채는 밤

4월에

자목련 피는 4월 아직도 시린 바람 꽃잎 토닥이고
동구 밖 아침 안개는 아침 햇살에 얼굴 붉힌다
차라리 비워버린 가슴 채울 수 없어 햇살은 이리 눈부신가

여정의 긴 날 가야할 세월에 밀려 나는 또 창가를 서성이고
행여 또 가신 님 오실까 봐 잃어버린 동심 무릎에 앉힌다

봄날의 유정

따뜻한 햇살은 하얀 꽃구름 이루고
스스로 목련은 하얀 속살을 드러낸다
한가한 봄날 오후 움츠린 가슴 열어 봄은
해맑게 웃고 있는 작은 숨결처럼

날마다 오는 작은 봉우리들을 터트리고 있다

오직 그대만을 위한 순백의 세레나데 같이
후루룩 새 한마리 하얀 속살 목련 속으로 숨어 들어간다

봄 기다림

마음 한자락 내려놓고 하늘을 본다
지평선 넘어 아물아물 봄이 오고 있다
막바지 겨울은 아프게 떠나기를 재촉하고는

때묻은 잔설을 바람으로 날리고 있다

꽃비가 내린다

꽃비가 내리며 그렇게 봄날은 간다
비온 뒤 꽃잎은 이별이 아쉬워 몸져눕고
가슴 한 켠 어딘가 떠나고 싶어 고열을 앓는다

내안에 작은 그리움이 연민이란 밀어로 피어나
린애(隣愛)의 아픈 기억을 잠식한다
다 떠나고 없는 무상에 고개 숙이는 이 마음

봄과 여름 사이

새하얀 꽃잎 열어 봄을 잠재우고
싹이 나고 잎이 이는 여름을 깨운다
들녘 자욱한 안개는 한가로이 길게 눕고
의지할 곳 잃은 내 언어는 허공 속에 떠돈다

행여 휘청거리는 발길 따라 마음도 떠돌까 봐
진달래 꽃잎 접어 긴 사연 띄워 본다

여름 밤

풀어 헤친 앙가슴 위로 초록 별이 스민다

스르르 흐르는 듯 이슬 적신 풀벌레 소리
토해 내듯 담홍색 봉숭아가 온밤을 밝히고
리듬에 흥겨워 불러 보는 사랑 노래

팔월이 간다 그 바람처럼

인적이 끊긴 도시의 밤이 바람에 흔들린다
정적에 쌓인 도심은 불빛이 하이얗고
을숙도의 철새처럼 계절은 안개비에 젖는다

베푸는 초록의 대향연은 나무 끝에 매달리고
풍성한 팔월은 빈 가슴 돌아보게 하는데
면면히 이어진 세월이 좁은 어깨 위로 내려앉는다
서서히 돌아눕는 태양이 여름을 내어던지고

살얼음처럼 버석이는 내 안에 작은 그림자
자라목 같은 내 그리움은 그 팔월의 태양처럼
붉게 타고 있다

가을엔..

가을엔 지병처럼 그리움에 목매이고
을밋한 산자락에 붉은 단풍 하늘 가득 적신다

속세의 아린 번뇌 무녀 되어 손을 흔들고

커다란 갈바람 버석이는 가슴 밟고 지나가면
피어난 갈꽃 한송이 머언 먼 하늘로 날아오르고
향기 없는 갈바람 윤기 없는 머리를 날리고 있다

가을밤 단상

작은 별 가을밤에 금빛을 뿌려논 듯
은하수 별빛 따라 수줍게 웃음 웃고

아쉬워 이 한밤에 시 한 수 읊어 보네
가없는 그리움을 살며시 풀어놓고
씨그날 음악처럼 추억 같은 가을밤

갈색 추억 단상

갈숲 이랑에 빈 가슴 태우듯 단풍 들어 딩굴고
색스폰 소리 내 얼룩진 마음 사른다

추억 같은 그리움과 보채던 욕망을 내려놓고
억새바람 그 바람 재우며 내 열정은 파도처럼 보챈다

단거리 선수처럼 벅찬 가슴 부둥켜안고
상념은 흐트러진 가을 들녘을 가득 채우고 있다

10월이 오면

시새운 갈바람 꽃대 누비어 일고 가면
월색 찬연한 밤하늘이 흐느끼고
이 가을 먼 산에 구름 스치는 소리

오늘따라 어딘가 떠나고 싶은 요망한 마음이여
면 브라우스 소맷자락에 가을이 매어 달린다

서성이는 가을

소리 없이 계절은 가을로 가는 마차를 타고
설익은 가을 홍시 산자락에 외롭다
책갈피 분홍빛 연서는 그렇게 가을 이랑을 서성이고

가을의 노래

가을이 저만치서 나를 부른다
로변의 은행잎은 지치도록 타는 노을에 낯을 붉히고
수심 한자락 닿지 않는 하늘에 두둥실 날려보낸다

낙서

운무 가득히 물안개로 여울져

좋은 님 그림자처럼 내 마음에 숨었는데
은나래 곱게 펴 서성이는 초록의 손짓

날마다 아스라히 떠오르는 얼굴 하나

어느 분교

풍금 소리 정겨운 초라한 어느 분교
산마루에 걸친 태양 가로누워 졸고 있고
개구장이 악동들은 자치기에 여념 없네

그대 그리고 나

달빛으로 몸 감은 나목의 언저리에
빛 고운 사랑 한잎 가만히 묻어 두고

고운 님 그리워서 그 자리 맴돌다가
운다고 다시 올까 설래는 마음이여

깊은 밤 기다림에 애태워 불러 봐도
은하수 별빛 타고 허공에 날리울 뿐

밤 밝혀 빈 가슴만 파도처럼 보챈다

회상

전차타고 등하교길 까까머리 남학생이
어려웁게 내밀었던 워즈워드 시집한권
회상하면 즐거웠던 교복입던 여고시절

사랑 타령

가슴 열고 사슴 같은 목 늘려 그대 찾았네 사랑하나
기다림의 여린 나래짓 고인 아픔이 사리되네 사랑둘

파란 하늘 위로 눈감고 가슴 덮고 날려보내네 사랑셋
티없이 맑은 순수 위로 운무 같은 그리움이 쌓이네 사랑넷

상념

기억에 묻어둔 사랑 하늬바람에 씻기어 가고
살아 숨쉬는 모든 상념이 아프게 떠나간다
아직은 날마다 분홍빛 연서를 쓰는데..

사랑이 머문 자리

수줍은 혼 내밀어 그윽히 웃는 그대 하얀 치열
안으로 삭힌 세월 움튼 눈들어 기지게 켜면
보일듯 보이지 않는 그대 그림자 가슴에 차고

온기 가득한 창가에서 아린 가슴으로 불러보는 세월아
천천히 떠오르는 그대 얼굴에 안개 자욱하누나

그리움의 무게

불현듯 그리움에 회상의 자락 안고 서성이는 목마름
별이랑 사이로 해묵은 그리움 몰고와

더도 말고 들도 말고 해맑게 웃고 있는 고운 숨결이게 하소서
위안이듯 히이얀 손 흔들면 그리움은 잠시 눈을 감는다

그대여

동그라미 그리려다 무심코 그린얼굴
해질녘 갈바람에 붉게 물든 그대 목소리
선잠 깬 아이처럼 뜻모를 그리움에 목이 매인다

떨어진 낙엽에도 네 생각뿐

떨어져 누운 낙엽 갈바람에 흩어지고
어느날인가 나는 그리움의 지병을 앓는다
지난 세월에 순백의 나는
는개비 처럼 느릿느릿 그대를 탐했어도

낙엽 같은 세월에 가슴만 저려올뿐
엽록수처럼 파아란 청춘이 아쉽다
애간장 녹듯 가는 세월만 탓하고
도리킬 수 없는 인연에 가슴만 매인다

네가 그리고 내가 인연을 버리던 날

생인손 앓듯 그 아픔을 그대는 알까
각인된 그대 미소 그리고 숨결
뿐이고. 뿐이고 그대 그리움 뿐이고..

세월을 접습니다

내안에 그리움 접어 그대 보내던날
안으로 삭힌세월 바람되어 출렁이고
의중에 남아있는 말 순백의 고통처럼
별무리 쏟아지면 그때 또 아파 울음울까
하나 둘 보채던 욕망 다 벗어놓고 허기진 여정 문을 닫는다
나 바람든 무속처럼 비어버린 가슴입니다

그때 그 이별

나성에가면

그대 손 잡을수 있을까

대숲향 진한숨결 구름같던 날의 향취

의미 가득한 그대 눈길 저 만치서 부르는 소리

혼자가는 그대 앞길에 내 눈물이 서럽다

불현듯 기다림에 목이 매이고

이랑에 물고이던 봄이었던가 그때 그 이별이..

되내이던 내 목마름을 그개 아는가

어딘가 먼 이역 눈감아 그대 손 잡는다 그때 그이별이 서러워

아테네

바위처럼 무둑뚝한 색의 도시 아테네

다갈색 찬란했던 문화는 곳곳에서 삭아내려

여신의 도도함은 지중해 열기에 녹아내리고

파란 하늘엔 조각구름 올리브유에 검게타는 도시

도도했던 옛은 눈부신 태양속에 부서지고 있다

여정에 피고한 이방인은 잠시 눈을 감는다

마당쇠와 마님

마당쇠 장작패며 마님! 저 왔는뎁쇼

음탕한 주인마님 살며시 밖을보고

밭이랑 추억들에 마음이 다급해저

그대로 주저앉아 마당쇠를 기다리니

대문을 활짝열고 대감마님 행차더라

동백 붉은 입춘

동백아 너는 어이 설한에 피우느냐
백설위 고운 자태 그리움 녹아내려

붉게 타는 꽃 망울이 기원하는 하얀 마음
은은한 달빛 아래 歲寒之友 고운 자태

입춘이 지났으나 아직도 바람 시려
춘풍에 동박새 울어 너의 자태 곱구나

목련이 피기 전

목련은 아직도 바람 시려 수줍게 고개 숙이고
연푸른 하늘가에서 해맑게 웃고 있는 고운 숨결
이랑에 물고이면 해묵은 그리움이 작은 소망 불태우고

피어난 목련 한송이 계절의 감각을 일깨운다
기억조차 또렷한 순백의 흉터 그대 떠나던 날

全身이 타는 듯 그리움에 떨고있는 나는 허무의 바람이여라

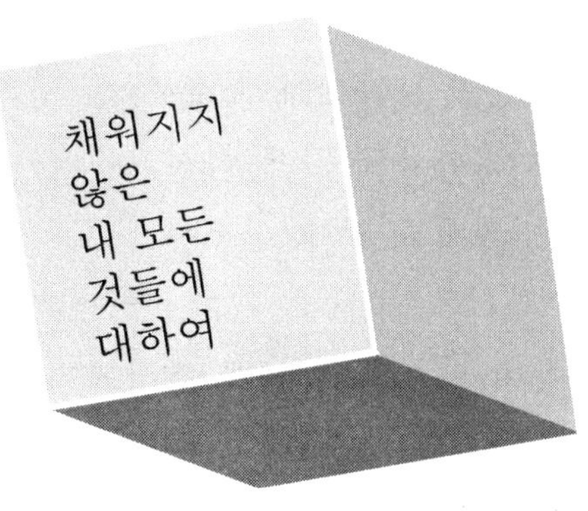

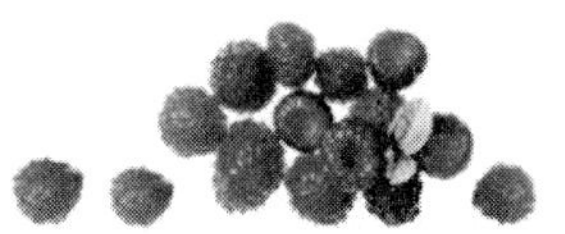

2 부   산사의 새벽

가을에 올리는 기도

가을엔 조용히 나를 돌아보게 하소서
을밋한 내 생의 고마움도 알게 하시고
꽃이 피고 지는 의미도 알게 하소서

구름에 달 가듯이 순리대로 살게 하시고
절절히 흐르는 세월에 나를 맡길 줄도 알게 하소서
초라한 내 뒷모습이 되지 않게 지금을 멋지게 살게 하소서

가을 산사에서

태고의 바람결에 흔들리는
풍경 소리

마음에 응어리진 미움 모두 풀어내고
니 마음 내 마음에 채워질 수 없는 모든 것들을
야음 속 바람에 던져버린다

비켜가는 세월 속에 마모된 욕망
켜지고 꺼지며 겹겹 쌓인 그리움까지도
가을 숲 이랑에 빈 가슴으로 태운다

다시 울음 울지 않을 것처럼
오로지 나를 버리고 나를 위해 살 것처럼,,

단비로 오소서

단단히 부여잡은 그리움에 날마다 분홍빛 연서를 쓰고
비 추적이는 날의 우울처럼 까닭 없이 목이 메인다
노을 한자락 강기슭 굵게 누비고 가는 진한 숨결로

오직 나만을 부르는 소리 거기 서성이는 당신
소녀일레 온밤을 가슴으로 밝히는 여인일레
서러운 꿈 접어 그대여 석양에 피는 하얀 마음입니다

새벽 산사 풍경

모악산 중턱에 매어달린 암자 하나 구름이 비켜서고
두견새 오똑 앉아 슬픔이 구르는 것을 보고 있다
가사장삼 원로스님 한근의 적막에 뉘우침마져 버리고

건강한 아기스님 엄마 젖무덤이 그리워 하늘을 보네
강마루 소나무 한자락 바람이 흔들고 가 절반쯤 휘어져
합장한 새벽 손은 서릿바람으로 제 한몸 새우고
시린 손 새벽을 탑돌이로 속세의 임종을 엿본다
다만 가슴이 저려오는 게 어디 그 새벽 손 뿐이랴

산사의 밤

모악산 중턱에 매어달린 암자 하나
두견새 울음따라 어둠이 내려앉고
가사장삼 초로 스님 소매 끝이 슬프다

시린 듯 산바람은 젖은 수심 씻어내고
인적 드문 산사의 밤은 별빛 속에 잠긴다

세월에

소나무 그림자 구름 사이로 흔들리고
나는 듯 봄은 세월 속에 묻히네
무량한 내 모습 피빛보다 진한 해당화

산

모악산 산그늘에 어둠이 익어간다
두견새 설운 울음 검은 구름 쉬어 가고
가야할 나그네 잠시 허공을 붙잡는다

사람이 그리워 허리춤 부여잡는 애기 스님
랑랑한 목소리가 발아래 꽂힌다
이 만큼 긴 그림자는 어둠이 앗아가고
에운 적막이 산사를 덮는다
요령처럼 흔들리는 어둠 속의 산이여

山寺 유정

산자락 싸한 바람 깊은 愁心수심 씻어 내고
노을에 술렁이는 풍경 소리 슬프다
을산寺 목탁 소리 처마 끝을 적시고

산사의 새벽

천마산 중턱에 매어달린 암자하나
자다 깬 애기스님 눈비벼 공양하고
문 밖에 갈바람 소리 엄마 가슴 그리워서

행여나 아랫 세상 안개 밟고 오시려나
시새운 바람결에 술렁이는 풍경 소리
방금 온 새벽 손이 합장하며 반기네

어느 봄날

성곽위로 파란하늘 꽃무리가 피어나고
고색스런 바람서리 햇살뒤로 숨어난다
기교없는 들꽃들은 수줍은체 앉아있고
계곡아래 사바들이 안개처럼 일렁인다

한해도 저물고

한해의 끝자락에 돌아본 내뒷모습
해질녘 산자락에 솔잎향 같았으면
도도한 세월앞에 작아진 내모습에

저만큼 닿지않은 하늘이 부럽구나
물같이 바람같이 흐르는 세월이여
고단한 인생살이 파도처럼 보챈다

정이란

정이란게 별거드냐 함께나눈 세월이지
담소하고 오해하고 이해하는 과정이요
은수저가 몇벌인가 알아가는 세월이네

북한산 둘레길에 가을이 스민다

북한산 둘레길에 가을이 스며든다
한가한 가을바람 성곽에 머무르고
산허리 밟고오는 그리운 님의소리

단내음 소슬바람 가을이 예있구나
풍광에 씻긴북문 빗바랜 세월이여
잎새에 이는바람 빈가슴 채워주네

매화는..

설한풍 벗은 몸에 보고픔 휘어 감아
중천에 뜨는 햇살 파르르 스며들어
매화는 그리움 담아 피빛 사랑 피웠네

가을에 올리는 기도

가을엔 조용히 나를 돌아보게 하소서
을밋한 내 생의 고마움도 알게 하시고
꽃이 피고 지는 의미도 알게 하소서

구름에 달 가듯이 순리대로 살게 하시고
절절히 흐르는 세월에 나를 맡길 줄도 알게 하소서
초라한 내 뒷모습이 되지 않게 지금을 멋지게 살게 하소서

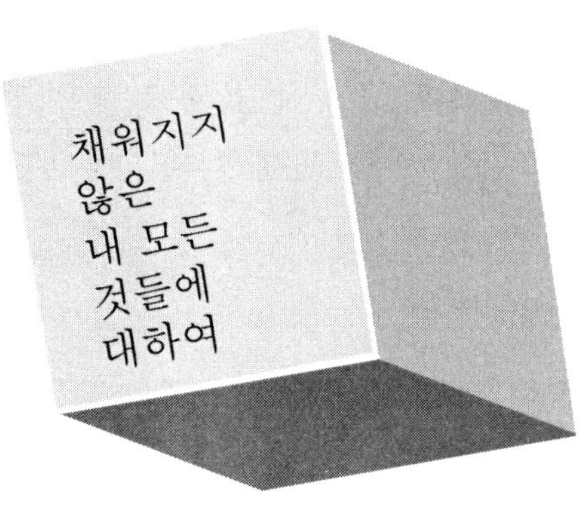

3 부　　　채워지지 않은 내 모든 것들에 대하여

시월愛

시새운 바람 무성한 가로수 옷자락 여미게 하고
월하의 긴 그림자 벼랑 위에서 나그네 된다
애잔한 달무리 곱게 진 가을밤 허공에 춤추는
내 비굴한 욕망이여

채워지지 않은 내 모든 것에 대하여

우중충히 비 추적이는 날의 우울처럼
산재한 현실의 비굴한 내 욕망처럼
속살을 드러내고 유혹하는 길거리 여인처럼

여전히 나를 조이는 건 채워지지 않는 모든 것들이다
인내하지 못한 '내 탓'을 백치 같은 웃음으로
갈무리 하고 있다

세월

비 속을 뒤척이며 떨어져 누운 낙엽
오는 계절에 타는 여름은 부끄러워 낯을 붉히네
는적는적 가는 것 같은 날 돌아보니 구만리처럼 멀다

주렁주렁 매달린 세월 뜯어내도 뜯어내도 다시 매달리고
말해 무엇하리 입가에 패인 주름 빈가슴 바람인 것을..

사랑이여

님이여 감미로운 입술 그대 내 안에 오면

그림자 마저 부끄러워 낯을 붉히네
리라꽃 한아름에 백치 같은 웃음 웃고
워즈워드 시를 읊으며 가만히 안아 주던 그대

세월

치자꽃 향기 물위에 세월로 흐르고
자목련 지는 소리 가슴만 매인다
꽃이야 피고 지지만 가는 세월 어찌 잡으랴

욕망

속절없이 가버린 세월이 바람에 휘청인다
절박하게 보채던 욕망 다 벗어놓고
없어도 좋을 푸념도 홀로 삭히며
이 저녁 범종 소리에 빈 가슴 적신다

바람든 무 속처럼

바람이 인다 늦저녁 잎진 뜨락에
라일락 향기처럼 흥건한 욕망에 이 밤 목이 매이고
보듬어 안은 그리움이 알몸의 무게에 추를 달아
는적거리며 나를 비웃는다

대신할 수 없는 아픔을 나 어이하랴
로뎅처럼 굳어 앉아 그 바람 맞고 싶다

임 떠난 빈 역사

임 떠난 프렛트폼에 부질없는 욕망이
너울너울 춤을 춘다
떠남도 만남도 허기진 여정에 하얗게 응고된
삶의 나이테일뿐
난해한 그대 25시적 웃음을
나 어떻게 이해할까

빈 역사에 서서 발효되는 액체처럼
나 휘청거리며 가쁜 숨 몰아쉬고 있다

역시 그대는 채워질 수 없는
내 모든 것들에 한 점 바람일 뿐
사랑이 무언가 바람든 무속처럼 텅빈 가슴에
휘파람 날리고 있다

그리움에 대하여

술 한잔에 목로주점 백열등이 슬프다
주막집 나무 의자에 고독이 머물고
정든 님 떠나간 자리 세월이 덧없다

님

정주고 가신 님아 떠난들 좋으리요
주마등 같은 추억 서러워 잠 못들리
고운 님 떠나 보낸 후 서리서리 우는 밤

생활 신조

실수하지 말고 생활하기
과욕 부리지 말고 살기

바람 피우지 말게 단속하기
늘 뒤돌아보며 나를 반성하기

뷔엔나

정적 깊은 도나우강에 황금빛 왈츠가 출렁인다
상아빛 태양이 눈부시게 빛나는 비엔나의 한낮
인적 드문 예술가의 묘지 옆에 노란 민들래가 곱다

목로주점

술 한잔에 목로주점 백열등이 슬프다
주막집 나무 의자에 고독이 머물고
정든 님 떠나간 자리 세월이 덧없다

기억 상실

기억 저편 아득한 그대 그리움
억겁의 하늘을 보며 황홀히 눈을 감는다

상아빛 찬란한 모조 액세서리 처럼
실없이 가버린 사랑에 빈 가슴 채우고 있다

비

나즉히 추적이며 내리는 가을비
그리움 토해내듯 그렇게 비가 내린다
내 마음 어딘가 떠나고픈 서성이처럼...

행복

은자둥이 금자둥이 고이고이 기른
자식빛 좋은 맑은 날 지아비 찾아가고
머리 들어 하늘을 보니 내 할일 다했구나
리라꽃 만개하고 이 아니 행복한가

세월

나도 늙고
그도 늙고
네가 아니면...하던 열정마저 늙고...

羅濟라제 통문

라제통문 관통하며 신라백제 구경하고
일락서산 바라보며 김유신도 의자왕도
락화유수 세월가니 경상도와 전라도네

꽃무릇은 천지지천 세월마저 비켜가고
향기짙은 솔낭구는 덕유정을 애워싸고
기가막힌 라제통일 남북한도 그랬으면

어느 겨울

김이나는 무쇠솥에 익어가는 찐고구마
장독대엔 하얀눈꽃 동치미에 얼음동동
맛갈나는 김장배추 볼타구에 가득이네

그리움

마음 밭 세월따라 마모된 그리움들
지는 해 보고픔 휘감아 하얗게 타오르고
막간의 배우처럼 나는 고달픈 나그네 된다

낙엽 진 거리에서 자폐증 걸린 환자처럼
옆구리 시린 바람에 야윈 손 흔들어대고
들녘에 서성이는 당신 노을따라 산이 잠기면...

작은 위안

창가를 스치는 바람 가을이 오려나
문밖을 서성이는 고독이 가슴을 친다
을밋이 휘청거리는 시간에 금박을 입혀

열여덟 빨갛게 물든 볼타구에 입마춤 하고
어디론가 멀리 떠나버린 청춘이 그립다
요만큼 아픈 욕망 묻어두고 하늘을 본다

기도

평화를 주오소서 이땅에
화냄을 억제하시어 사랑을 주오소서
로뎅처럼 한번쯤 생각하는 지혜를 주오시고
운무처럼 두루 퍼지는 평화를 주오소서

지구가 멸망해도 한 그루 사과나무를 심듯이
구름 많아 비 와도 다시 햇살 퍼짐을 알게 하오소서

비.비.비

비 속을 뒤적이며 떨어져 누운
낙엽 그리고
비오는 날은 먼 곳 소식 기다리며
내 그리움 고개 쳐든다
비가 오면 아프게 손 흔들며
어디론가 떠나고 싶은 마음 내 마음이여

기도

하느님
늘 사랑하고 이해하는 사람이게 하소서
공기의 고마움도 생각하는 사람이게 하시고
원하옵건데 가슴으로 세상을 볼 수 있는 지혜도
함께 주소서

그대 내안에 그리움으로 다가오면

봉우리마다 그리운 내 마음 물무늬 지며
이탈할 수 없는 내 그리움 안에 마음 좁히는 그대

김서린 창가에서 허비한 시간만큼 나 그대 아파 한다
선술집 뿌연 전등 아래 접어둔 사랑 잠시 꺼내들고
달아래 굵게 누빈 그림자 하나 나를 섧게 하누나

님 그림자

해질녘 물안개로 여울져 아스라이 떠오르는 얼굴하나
외로운 강기슭 굵게 누비고 가는 진한 숨결

여러 밤 밝혀 가슴 설레며 부서지는 물너울 소리
행여 그님 오실까 기다리는 아픈 마음이어라

가을

금빛물결 가을들녘 잠자리가 춤을추고
의복걸친 허수아비 하늘향해 손짓하네
환한미소 늙은농부 이보다더 좋을손가
향수어린 초가지붕 어디에도 볼수없고

그림같은 파란지붕 가을볕이 눈부시다
날아가는 제비들아 여문박씨 물고오렴
을숙도의 갈대잎도 찬바람에 고개숙여

기억저편 무지개꿈 황홀했던 지난날들
다시보는 가을하늘 지병같은 그리움에
리얼한맘 다시여기 푸른노래 묻어두고
며칠밤을 지새우는 등목굽은 갈대여라

그대는 나의 여백

그대 떠나간 자리 에 하얀 바람 이 머물고
대숲향 에 고인 정 을 먼 휘파람으로 날리고 있다
는적이는 세월앞에 너는 외로운 길섶의 연인
나는 바람을 쫓고 바람은 내가슴 쫓아
의지할곳 없는 사랑이 제자리에서 맴돌고
여백의 하얀 종이에 매어달린 가슴의 중량
백만번 더 소리처도 닿을수없는 공간 공간이다

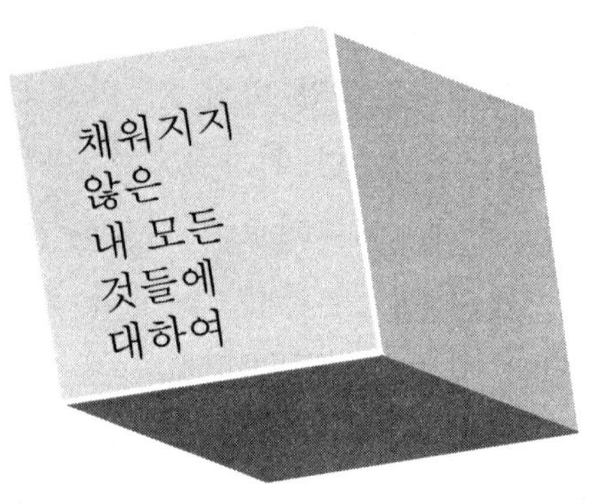

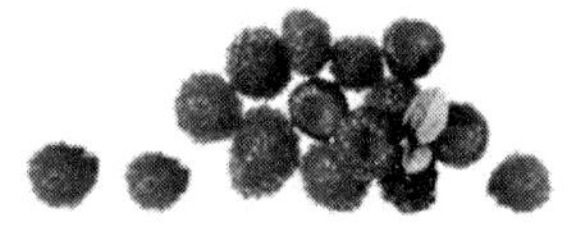

4 부   도심의 허기진 풍요

밤의 욕망

사람 냄새 그리운 날엔
과밀한 도시의 밤을 간다
나른한 욕망이 불끈 힘을 돋우고
무심한 하루의 일탈을 꿈꾼다

빈 고을

파아란 하늘 가 목련은 하얀 꽃구름 이루고
벌나비 아직 바람 시려 수줍은 꽃잎 토닥거린다

싸립문 옆 잡초는 허기진 대문을 비집고 들어와
움트는 생명을 휘파람으로 날리고 있다

미안해요

미안해요 죄송해요 감사해요 사랑해요
안면가득 밝은모습 이런세상 언제오나
해가지고 달이떠도 영원불변 미소천사
요만큼만 겸손하면 세상만사 행복가득

인사동

인사동 길 포장마차 백열등이 까딱까딱
사람들은 하나 둘씩 제집 찾아 돌아가고
동그란 백열등만 찬바람에 휘뜩인다

작은 위안

창가를 스치는 바람 가을이 오려나
문밖을 서성이는 고독이 가슴을 친다
을밋이 휘청거리는 시간에 금박을 입혀

열여덟 빨갛게 물든 볼타구에 입마춤하고
어디론가 멀리 떠나버린 청춘이 그립다
요만큼 아픈 욕망 묻어두고 하늘을 본다

천안함 전사장병 장례식을 보며

상 주고 훈장 주면 죽은 자식 돌아오나
대못을 박아 놓고 떠나버린 내 자식아
할말이 너무 많아 목놓아 울어봐도

생과사 갈렸으니 허공에 메아리뿐
각본에 없는 인생 꿈이면 좋으련만

엎어져 울어 봐도 다시는 볼 수 없어
어즈버! 세상 사람들 우리 자식 어떡하오

도시의 밤

도시의 밤은 도도하다
시한부 인생처럼 왜 그리 바쁠까?
의사가 진단한 도시의 밤은 歡樂癌(환락암)의 말기

밤의 바람이 자페증 걸린 삶의 질서를 파괴한다

바람 부는 날 그대여

치자꽃 향기따라 떠나버린 마음 채우고 싶다
어디선가 불어오는 하늬 바람에 햇살 부서져 앉고
결죽한 그대 웃음은 들빛을 흔들며 가고 있다

사랑 찬가

진주빛깔 차운사랑 부질없는 욕망일레
숙명같은 마음이야 그리움에 우는연민
렬렬했던 세월만큼 버석이는 바람든무
장미처럼 화려했던 지난날의 사랑이여

한국

경제 성장 일구어낸 의지의 한국인들
의지할 건 오직 하나 강인한 몸과 마음
선과 악을 구별하는 동쪽의 백의 민족

한 근의 욕망을 내려놓고

창공에 시린 바람 좁은 대문을 비집고 들어와
엎드린 채 숨죽여 온 부질없는 욕망 씻어낸다

수없이 많은 나날 채워질 수 없는 모든 것들에
성자처럼 바람 재우며 아픈 가슴 목이 매인다

무도회 수첩처럼

중년이 아니고 노년이라 하네
년년세세 청춘이고픈 이 마음
은빛 세월이 마모된 이랑에

멋졌던 지난 날 무도회의 수첩처럼
쟁쟁했던 청춘들을 하나씩 꺼내어
이탈할 수 없는 한계 앞에 나를 돌아보네

한국인 그리고 일본인

심한충격 일본인들 차분하게 대처하고
술한잔에 한국인들 삿대질에 버럭고함
쟁반같은 넓은마음 어디두고 살고있나
이번사태 거울삼아 우리들도 각성하세

허기진 여정

기다랗게 가로누운 산 그림자 휘파람 날리고
억겁의 세월에도 변하지 않는 저 먼 하늘 끝

상사병 앓는 소나무는 허기진 여정에 목이 맨다
실바람 아직 자라지 않아 수줍게 산자락을 간지른다

비오는 창가

비오는 창가에서 차를 마신다
오가는 사람들의 우산 위로 우울이 춤을 추고
는시렁 는시렁 비오는 날의 오후가 안개비에 사위어 간다

창가를 헤집고 들어온 A단조의 피아노 음율은
가랑비에 옷 젖듯이 내 마음을 가득 채우고

여정

캄캄한 밤의 적막이 고단한 영혼을 덮는다
캄보이하듯 허기진 여정이 세월을 감싸고
한사코 비워버린 가슴에 그리움을 채운다

밤이야 어치피 가고 또 오는 것을
이렇게 마음 졸이며 시름할 필요야..
야멸찬 세월에 내 마음 긴 도랑을 이룬다

인생살이

감사하며 사는 인생 성공한 살이
사랑하며 사는 인생 행복한 살이
해로하며 사는 인생 영원한 살이
요것 조것 숙고하는 현명한 살이

삶

만삭의 겨울이 지친 하루를 내려 놓는다
고집스럽고 비굴한 내 욕망은 목을 옥조이고
불야성을 이룬 도심의 밤은 갈 곳 없는 노숙자를 비웃고
멸망할 것 같은 지구는 그래도 오색찬란한 빛을 발한다

충견처럼 밤은 빈듯 가득찬 풍요를 감싸고
성가신 가난은 둥둥둥 가슴을 친다
이 겨울 가난에 우는 희야는 얼만큼 빈 가슴 채워야 할까
G 랄 같은 세상 휘청거리는 시간에 금박이나 입혀볼까

거역할 수 없는 세월이 좁은 어깨 위로 내려앉고
짓눌리는 욕망의 무게는 잠시 나를 달뜨게 한다
말 안장에 높이 앉은 교만한 태양처럼..

복권 한장 주워 들고

복권을 한장 주워 신문과 맞춰 보니
권상우 부럽잖게 십만원 당첨 됐네
만으로 사십년전 그때가 언제던가

한 세월 흘렀어도 기억이 또렷하네
장에 가 이것 저것 살 것도 많았었지

사 둔 것도 아니고 주워서 당첨되니
면죄부 된 것처럼 기분이 떵호떵호

도심의 밤

도심의 하루가 조용히 어둠의 옷을 입는다
야단스럽게 어둠은 곡예사처럼 분칠을 하고
지친 나그네는 발효되는 액체처럼 비틀거린다

따귀 한 대

따귀 한 대 밥알 붙어 형수님 한번만 더
논밭떼기 하나 없는 놀부 동생 흥부 처지

당당하게 따귀 때린 놀부 마눌 거동 보소
상놈이 따로 없네 시동생을 때리다니...

요강 단지

요강보고 어리둥절 그릇인가 무엇인가?
강추위에 측간멀어 옛날에는 필요물건

단속곳을 살짝올려 요강위에 앉았네라
지고지순 현부라도 누는데는 똑같아라

신사임당

신사임당 조선여인 덕행재능 뛰어나서
사대부가 여인이며 율곡이이 어머니라
임전무퇴 강직함도 그여인의 강점이네
당대에선 그의재능 따라올자 감히없네

예의 범절

전화소리 요란하게 버스안에 울려퍼져
화술좋은 어떤여인 마구마구 떠들어대
위장술은 잘했는데 예의범절 어디갔나
복잡한곳 공공장소 조용조용 대화하소

서울의 밤

질펀한 도심의 거리 황홀이 눈을 뜬다
화장으로 얼굴을 감춘 희야는 밤새 가난에 울고
로타리 환한 불빛에 유행가 가락이 슬프다

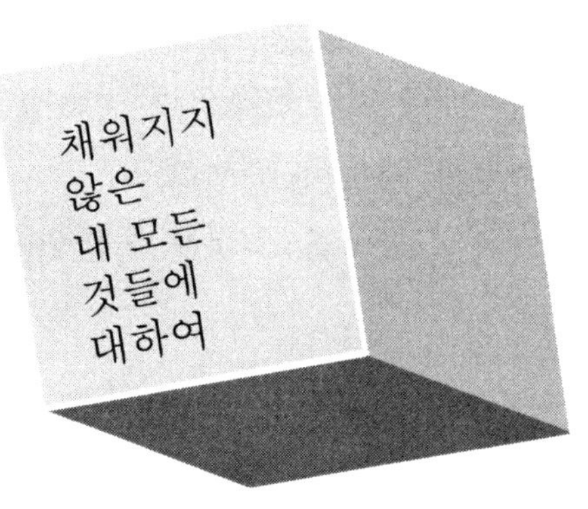

5 부   정형 시조

목마와 숙녀

주막집 하이얀 백열등이 까딱까딱 춤추고
마시는 술 한잔에 세월이 슬프다
등 시린 나그네는 목마와 숙녀를 읊조리고..

목마와 숙녀

참교육

현숙한 부모밑에 반듯한 자식들이
모나게 키운자식 삐뚤기 마련이고
양질의 교육이란 인성을 높이사고
처음과 끝이같은 교육관 심음이라

마네킹 인간

해집고 선 새벽 난간에
운무 가득한 과밀 도시의 아침이 선다
대문밖 휘청이던 어제의 눈부심이

로맨스 달콤함처럼 향기로운데
맨발로 하루를 낚는 스물 네시의 회전이 시작되면
스스로 끊어지지 않는 질긴 생명력을 본다

백화점에서

화려한 옷을 걸친 마네킹에 황홀은 잠시 눈을 감는다
문득 허비한 시간만큼 지친내가 웃읍다
석양의 뿌연 햇살에 생각은 잠시 유리기둥 따라 흔들리고

그리움

나목의 언저리에 자욱히 밀려드는
밭이랑 물고일 때 떠난 님 보고파서
그리움 미움 한자락 분홍 연서 보내오

봄 기다림

제넋을 풀어쓰는 잎마다 간절함이
늦추위 강한바람 애타는 봄기다림
동백꽃 콩닥콩 콩알 볼터질날 언제련

시월의 마지막 밤

싸늘히 스쳐가는 갈바람 아쉬워서
무작정 걸어보는 내 마음 모를레라
바람아 그리움일랑 나래 접어 가오서

죽음에 대하여

초개와 같은 인생 떨어진 낙엽처럼
언젠간 겪으리라 인생의 마지막을
순서도 높고 낮음도 빈울움이 목말라

들국화

서늘한 바람 빛에 한아름 하늘 안고
봄부터 가을까지 서쪽 새 우는 날만
보라빛 그리움 안고 기다리는 넋이여

늙음의 미학

노년에 들을수록 친구가 많아야지
지갑은 많이 열고 잔소리 하지 말게
자식에 바라지 마오 이민 가면 어쩌오

봄의 전령

물오른 버들가지 번지는 아지랑이
바람은 세게 불어 나무에 물오르고
새생명 모두 일어나 희망 노래 부르네

바람

산허리 질러 가는 갈바람 아쉬워서
그 바람 잠들까 봐 조바심 이내 마음
찬서리 내리는 날엔 기쁜 소식 주오서

짝사랑

볼타구 빨간볼살 가슴만 두근두근

어쩌다 마주치면 부끄러 돌아섰네

지금쯤 내머리에도 하얀서리 내렸으리

사랑가

A단조 음율속에 피어난 옛사랑아

회상의 자락안고 서성이는 목마름

석얀의물소리마져 서리서리 우는밤

겨울로 가는 마차

찬바람 아시시시 나목이 수줍어서

갈잎도 서성이며 떠나길 재촉하고

제오는 겨울 목마름 그대어이 알까나

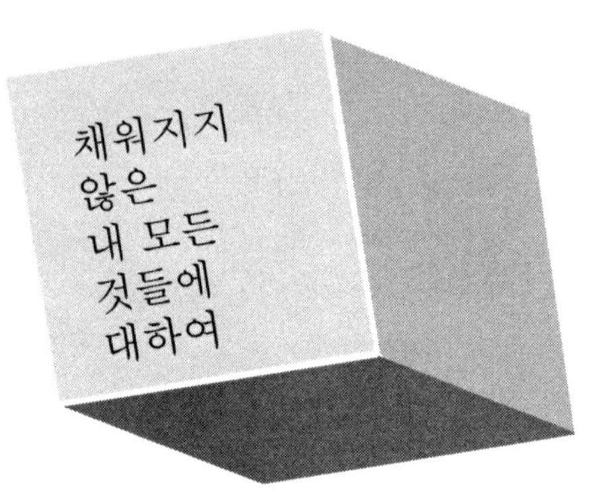

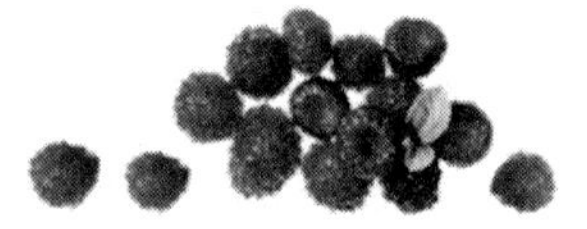

6 부   자유시

낙서

혼자 마시는 커피 향,
초록바람 물들어 나부낀다

나비가 앉아야 할 꽃무리에
노을이 설래이고

봐도 끝없는 하늘,
세월 한자락 매달고

끝없이 끝없이
멀어져 간다

세월이여

無想의 觀念 사이로
無心의 歲月이 노닌다

노니는 세월이야 누구라 탓할까마는
예 있던 知天命이
새 되어 날았구나

허기진 보릿고개는
손바닥으로 가리우고
살찐 여인의 젖가슴 같은 풍요가
여기 저기 널려 있는데
아직 못다한 感性의 언어들이
너울 너울 춤을 춘다

무심히 내려 앉은 세월이
겹겹인데
내안에 흐르는 열정은
志學에 멈춰 있구나

누구라 인생을 한점 구름이라 했던가...

사랑도..
번뇌도..
삶도....
한점 구름인것을...

억겹을 살아 내고도
저리
처연할 수 있는
무상의 하늘이여!....

아!...세월이여!!......

비.바람.그리고 이방인

먹어도 먹어도 허기진 이역 하늘에
비가 내린다

90노모가 궁금해 하늘을 보면
거기
빨주노초 늦가을의 조국이
너울 너울 춤을 춘다

하얀 레이스 커튼이 드리워진 창가에
따뜻한 불빛이 머물고
그리움에 지친 나그네
발걸음이 서럽다

내려쌓인 백열등 불빛에
비오는 거리의 어둠이 삭고
213번 이층버스를 기다리는 나는
잠시
서양의 양코배기가 된다

그대 떠나던 날도
이리 비가 내렸던가

헨델의 메시아를 연주하던
구도의 손을
나
못내 잡지 못했음을
이제 와 어쩔것인가

그 흔한 붕어빵 장수도
따끈한 오댕국물 장수도 하나 없는
황량한 거리에
바람이인다

그리움에 지친 이방인의
시린 가슴처럼...

봄의 戀歌

햇볕이 소나기로 내리는 아침
잠자는 감성의 언어를 깨우며
꽃잎은
하나씩 세상을 연다

.

눈(雪)이 될 수 없어 비(雨)로 내리는
봄의 열정은
애닲은 그리움을 이기지 못하고
서러운 가시로
가슴에 와 박힌다
그대 떠나던 날
봄비는 그렇게 내렸던가..

겨우내 숨죽인
영혼들의 아우성이
여린 살갗으로 잠겨 흐르고
이제사 살포시
그대가 그리운 이유는
세상이 찬미하는
봄의 현란함 때문이런가..

봄의 열정이 흐르는 저녁
꽃잎은 조용히 문을 닫고
자꾸만 상처나 아픈 날들을 돌아다 본다
어느 瑞雪이 내리던 날
그, 그리움 끝은 어디에 있었던가..

햇볕이 소나기 되어 내리는 아침
옹이로 박힌 세월들을
순수의 흙 속에 하나씩 묻고
조용히
뜨거운 찻잔에 입술을 적신다

그 간이역

찾는 것이
어디 바람뿐이랴
2월의 야윈 햇살이
겨울 가지에 매달린 가랑잎처럼 애처러운데
간이역 허접한 대합실 문이 나를 반기듯
삐걱인다

팔다 남은 호박죽 한그릇의 온기를 보듬어 안고
늙은 촌부는
언젠가 올
초라한 기차를 맥없이 기다리고
아직은 황량한 산우릉
홀로 서 있는 나목이 수줍다

안으로 등이휜 초로의 아낙이
훠이훠이 플랫폼으로 들어오고
휘인 등뒤에서 가난이 너울너울 춤을 % % %다

삑삑거리며
힘겹게 올라온 기차는
비린내와
가난과
서러움을 내려놓고 저만치 가고 있다

하늘과 가까운 간이역에
늙은 역무원과 가난한 평화가
수채화처럼 곱다

채워지지 않은
내 모든 것들에 대
하여

2012년 6월 22일 발행

지 은 이 오 순 영
이 메 일 soon99@hanmail.net

발 행 인 정 동 희
발 행 처 도서출판 한행문학
등   록 관악바 00017 (2010.5.25)
주   소 서울시 관악구 봉천동 865-2 세종빌딩 817호
전   화 02-885-2050 / 010-6309-2050 / F. 878-7191
이 메 일 daumsaedai@hanmail.net
홈 페이지 www.hangshi.kr

정   가 8,000원
I S B N   978-89-963996-1-6-03810

공급처 | 가나북스 www.gnbooks.co.kr
전   화 | 031-408-8811(代)
팩   스 | 031-501-8811